Katie Woo
y su vecindario

¡Paramédicos al rescate!

escrito por Fran Manushkin

ilustrado por Laura Zarrin

PICTURE WINDOW BOOKS
a capstone imprint

La serie Katie Woo's Neighborhood es una publicación de Picture Window Books, una marca de Capstone
1710 Roe Crest Drive
North Mankato, Minnesota 56003
www.capstonepub.com

Derechos del texto © 2021 por Fran Manushkin
Derechos de las ilustraciones © 2021 por Picture Window Books

Todos los derechos reservados. Esta publicación no debe reproducirse en su totalidad ni en parte, ni almacenarse en ningún sistema de recuperación, ni transmitirse de ninguna forma ni por ningún medio, ya sea electrónico, mecánico, de fotocopiado, grabación u otro, sin permiso por escrito del editor.

Los datos de CIP (Catalogación previa a la publicación, CIP) de la Biblioteca del Congreso se encuentran disponibles en el sitio web de la Biblioteca.

ISBN: 978-1-5158-8382-1 (encuadernación para biblioteca)
IBSN: 978-1-5158-8383-8 (pasta blanda)
ISBN: 978-1-5158-9423-0 (libro electrónico)

Resumen: Cuando la abuela de Katie se tropieza y se rompe un tobillo, Katie aprende lo importante que son los paramédicos en su vecindario.

Diseñadora gráfica: Bobbie Nuytten

Traducción al español de Aparicio Publishing, LLC

Contenido

Capítulo 1
¡Oh, no!..7

Capítulo 2
Ayuda en camino...16

Capítulo 3
¡Gracias, paramédicos!................................22

Capítulo 1
¡Oh, no!

Katie y su abuela estaban almorzando.

—Me encanta tu pulsera nueva —dijo Katie.

—¡A mí también! —dijo su abuela—. Los corazones son muy lindos.

Después de almorzar, la abuela estaba lista para volver a su casa.

—Te acompaño hasta el carro —dijo Katie.

¡Fuuum! Haley O'Hara llegó patinando con sus hermanos.

—¡Hola! —gritó Katie.

—¡Hola! —gritó Haley.

—Mi carro está al final de esa cuadra —le dijo la abuela a Katie.

Casi habían llegado al carro cuando…

¡La abuela se tropezó con una grieta de la acera! ¡Se cayó y se dio un buen golpe!

—Me lastimé el tobillo —dijo la abuela—. No puedo moverlo.

Katie tenía ganas de llorar, pero mantuvo la calma.

—Voy a avisar a mamá —dijo.

La mamá de Katie llamó al 911.

—Los paramédicos llegarán pronto y te ayudarán —le dijo a la abuela.

—Eso espero —dijo Katie.

—Ponle mi suéter a tu abuela. Debe estar abrigada hasta que llegue la ambulancia —dijo Haley O'Hara.

—¿Cómo sabes eso?

—preguntó Katie.

—Mi familia se la pasa rompiéndose algo —dijo Haley—. Tengo mucha práctica.

Capítulo 2
Ayuda en camino

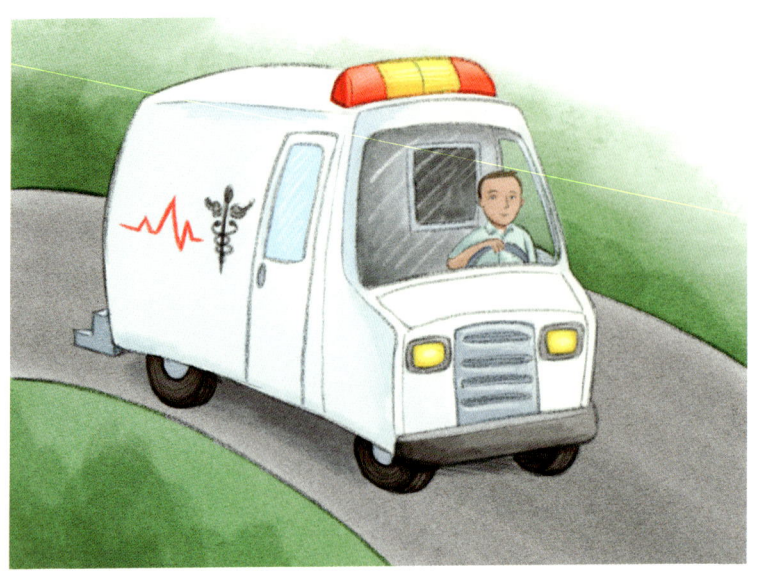

Pronto oyeron una ruidosa sirena. ¡Habían llegado los paramédicos!

Katie estaba feliz de verlos.

Una paramédica escuchó el corazón de la abuela. El otro paramédico le examinó el tobillo.

—Su corazón está bien —dijo la paramédica—. Pero creo que tiene el tobillo fracturado. Tenemos que llevarla al hospital.

Los paramédicos subieron a la abuela a la ambulancia. Eran fuertes y gentiles.

Katie y su mamá fueron al hospital en carro.

En el hospital, una doctora le puso un yeso en el tobillo a la abuela.

—En seis semanas estará bien —le dijo.

La abuela sonrió:

—¡Gracias! También quiero agradecer a los paramédicos.

Pero ya se habían ido para ayudar en otro accidente.

Capítulo 3
¡Gracias, paramédicos!

—Abuela, qué bueno que te vas a poner bien —dijo Katie—. Pero qué lástima que se perdió tu pulsera nueva.

¡Ha desaparecido!

¡Pero no era así! Cuando Katie volvió a su casa, Haley la estaba esperando.

—Aquí tienes la pulsera de tu abuela. La encontré en el pasto.

Katie abrazó a Haley.

—¡Eres genial!

Después llamó a su abuela.

—¡Haley encontró tu pulsera!

—¡Fantástico! —dijo la abuela.

—Tengo que hacer algo más —dijo Katie.

Sacó papel y pinturas.

Katie comenzó a escribir y a dibujar.

—Los corazones son muy lindos —dijo Katie. Dibujó muchos corazones.

Queridos paramédicos:
Muchas gracias por ayudar a mi abuela. ¡Son SUPERHÉROES!

Con cariño,
Katie

Glosario

accidente — suceso desafortunado y no planeado

ambulancia — vehículo que lleva a las personas heridas o enfermas al hospital

examinar — observar atentamente

paramédico/a — persona con una preparación especial que ofrece atención médica a una persona antes de llevarla al hospital

sirena — dispositivo que emite un sonido fuerte y estridente

tobillo — la articulación que conecta el pie con la pierna

yeso — vendaje con escayola que se pone en una pierna o un brazo roto

Katie te pregunta

1. ¿Qué destrezas debe tener un buen paramédico o paramédica? ¿Te gustaría ser paramédico o paramédica? ¿Por qué?

2. Compara el trabajo de un paramédico con el de un doctor. ¿En qué se parecen? ¿En qué se diferencian?

3. La abuela de Katie tuvo una emergencia médica. Cuando alguien tiene ese tipo de emergencia médica, hay que seguir una serie de pasos importantes. Piensa en el cuento. ¿Puedes hacer una lista de esos pasos?

4. En su nota, Katie escribe que los paramédicos son superhéroes. ¿En qué se parece un paramédico a un superhéroe?

5. Katie escribe una nota para dar las gracias a los paramédicos que ayudaron a su abuela. Escribe una carta para dar las gracias a alguien que te haya ayudado en algo.

Katie entrevista a una paramédica

Katie: ¡Hola, señorita Thomas! Gracias por reunirse conmigo para hablar sobre el trabajo de los paramédicos. ¿Cuál es la mejor parte de su trabajo?

Srta. Thomas: Ser paramédico tiene muchas cosas buenas. La ambulancia es genial, y todos los días son distintos porque los pacientes cambian. Pero la mejor parte de mi trabajo es poder ayudar a la gente todos los días.

Katie: Usted ayudó a mi abuela, ¡qué bueno! ¿Hay mucha gente que se rompe un hueso como mi abuela?

Srta. Thomas: Sí, pero los problemas que más encontramos son de corazón y de respiración. Aunque se trate de una caída, siempre escuchamos el corazón y los pulmones de los pacientes con un estetoscopio. También vemos qué tan rápido les late el corazón y nos aseguramos de que su presión arterial esté bien.

Katie: ¡Hacen un trabajo muy importante! ¿Cuánto tiempo tuvo que estudiar para ser paramédica?

Srta. Thomas: Primero estudié para ser EMT (técnico de emergencias médicas), lo que me llevó seis meses. Después estudié para ser paramédica. Eso fue otro año de clases y varios meses de prácticas. Después de eso, tuve que hacer un examen especial para ser paramédica oficial. Cada dos años tengo que tomar ese examen.

Katie: La última pregunta… ¿Alguna vez ha manejado la ambulancia?

Srta. Thomas: Normalmente la maneja mi compañero. Él es un EMT. Como yo tengo más preparación médica, me encargo del paciente mientras él maneja la ambulancia rápidamente para llevarnos al hospital. Pero a veces sí la manejo yo. ¿Sabías que en las ambulancias hay un dispositivo especial que hace que los semáforos se pongan verdes? Podemos llevar al paciente directo al hospital sin detenernos.

Katie: ¡Gracias de nuevo por hablar hoy conmigo, Srta. Thomas!

Srta. Thomas: ¡De nada, Katie! El gusto fue mío.

Acerca de la autora

Fran Manushkin es la autora de Katie Woo, la serie favorita de los primeros lectores, y también es la autora de la conocida serie de Pedro. Ha escrito otros libros como *Happy in Our Skin*, *Baby, Come Out!* y los exitosos libros de cartón *Big Girl Panties* y *Big Boy Underpants*. Katie Woo existe en la vida real: es la sobrina-nieta de Fran, pero no se mete en tantos problemas como Katie en los libros. Fran vive en la ciudad de Nueva York, a tres cuadras de Central Park, el parque donde se le puede ver con frecuencia observando los pájaros y soñando despierta. Escribe en la mesa de su comedor, sin la ayuda de sus dos traviesos gatos, Chaim y Goldy.

Acerca de la ilustradora

Laura Zarrin pasó su primera infancia en el área de St. Louis, en Missouri. Ahí exploraba los riachuelos, bosques y armarios de los áticos, trepaba árboles y cavaba en el jardín en busca de objetos, todo para prepararse para su futura carrera como arqueóloga. Sin embargo, no llegó a serlo, ya que se dio cuenta de que era más feliz dibujando en la comodidad de su propia casa mientras veía la tele. A los doce años, se mudó con su familia al Silicon Valley de California, donde todavía vive con sus muy razonables esposo e hijos adolescentes, y su nada razonable perro Cody.